Colores con brisa

VERSOS DE CARLOS PELLICER

SELECCIÓN E ILUSTRACIÓN DE CARLOS PELLICER LÓPEZ

Primera edición,   2006
   Primera reimpresión, 2007

Pellicer, Carlos
    Colores con brisa / Carlos Pellicer ; ilus. de Carlos Pellicer
López. – México : FCE, Anturios Ediciones, 2006
    40 p. : ilus. ; 27 x 21 cm – (Colec. Los Especiales de A la orilla
del viento)
    ISBN 978-968-16-7869-2

    1. Literatura infantil I. Pellicer López, Carlos, il. II. Ser. III. t.

LC PZ7   Dewey 808.068 P558p

Distribución mundial

Comentarios y sugerencias:
librosparaninos@fondodeculturaeconomica.com
www.fondodeculturaeconomica.com
Tel. (55)5449-1871 Fax (55)5227-4640

Empresa certificada ISO 9001:2000

Coordinación de la colección: Miriam Martínez y Carlos Pellicer López

© 2006, Carlos Pellicer López

D. R. © 2006, Anturios Ediciones
Cuauhtémoc 55, Tizapán San Ángel, 01090, México, D. F.
anturiosediciones@prodigy.net.mx
Tel (55) 56-16-20-11

D. R. © 2006, Fondo de Cultura Económica
Carr. Picacho-Ajusco, 227; 14738, México, D. F.

ISBN 978-968-16-7869-2

Impreso en México • Printed in Mexico

Contaba Carlos Pellicer que, cuando tenía cinco años, conoció el mar. Él había nacido en Villahermosa, no muy lejos de las playas de Tabasco. Una madrugada, montado en una carreta, salió con sus padres y su hermano menor a conocer el mar. A mediodía, luego de una mañana toda luz y calor, encontraron un gran palmeral. La plática familiar advirtió la sorpresa. Carlos abrió más los ojos, los oídos, respiró despacio. Junto al sonido del viento entre el follaje de las palmas, un ruido extraño, que iba y venía, avisaba una presencia. El aire olía diferente. Estaban cerca. Y, de pronto, apareció el mar.

Mar es una palabra muy pequeña. Aquello que se abría frente a él era infinito. En toda la tarde casi no habló. De regreso, apenas intervino en la conversación. Después, toda la noche la pasó, entre sueños, frente al mar. Lo que más le inquietaba era no poder decir lo que sentía, las palabras no eran suficientes para nombrar "aquello". Al mismo tiempo, sabía, de un modo misterioso, que existía una forma de contarlo con palabras, con las mismas palabras que él ya empezaba a conocer bien. Encontrar las palabras, acomodarlas de tal modo que al escucharlas nos hicieran ver con los oídos algo tan grande y maravilloso como el mar.

Desde entonces, sin saber a dónde iba, siguió el camino de la poesía. En ese camino aprendió no sólo el nombre verdadero de las cosas —y las rosas— sino también a hablar con ellas:

¡Ay poesía,
que te vienes a bañar
sin saber lo que es el mar!

Sobre las gotas del mar
danza el buque cargado de estrellas.

Que se deje cortar como amapola
entre tantas espigas, la palabra.

El amarillo junto al azul no cuesta caro:
un charco de cielo y un ganso.

Hay una sed de naranja
junto a la tarde todavía muy alta.

Ser flor es ser un poco de colores con brisa.
La vida de una flor cabe en una sonrisa.

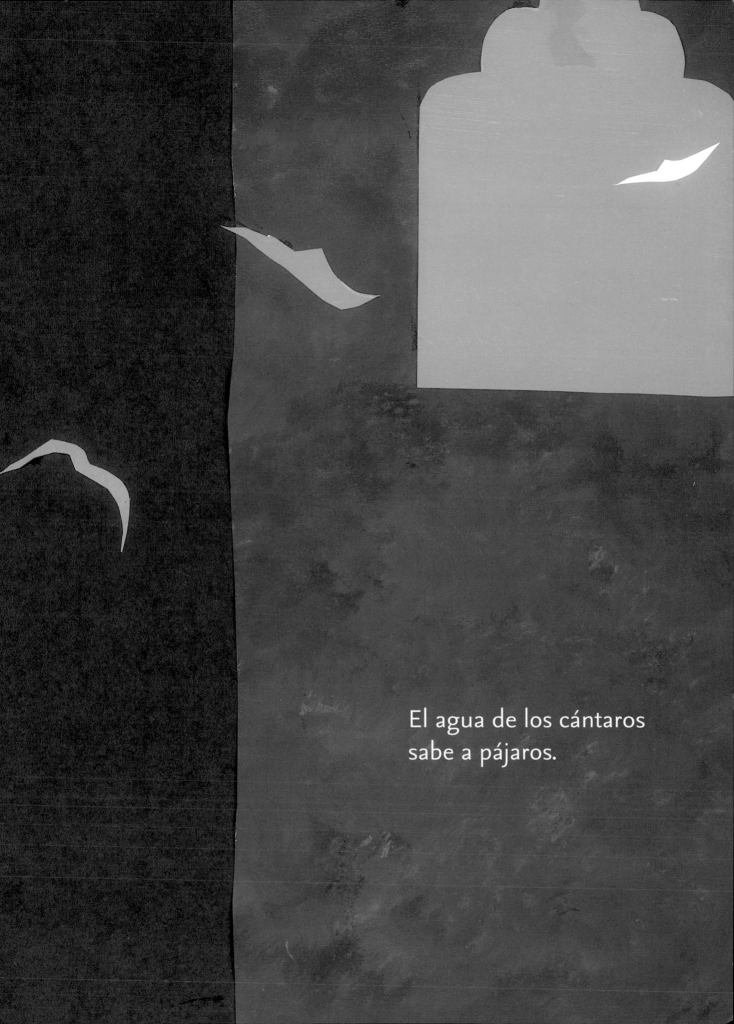

El agua de los cántaros
sabe a pájaros.

Cuando a un árbol le doy la rama de mi mano
siento la conexión y lo que se destila
en el alma cuando se está junto a un hermano.

¡Dibujar las colinas!
Repartirles los ojos
y llevarles palabras finas.

Hay azules que se caen de morados.

Aquí no suceden cosas
de mayor trascendencia que las rosas.

¡Ay, poesía,
que te vienes a bañar
sin saber lo que es el mar!

Sin que se quiera
vuela una garza
con tal belleza,
que tal semeja que así volara
por vez primera.

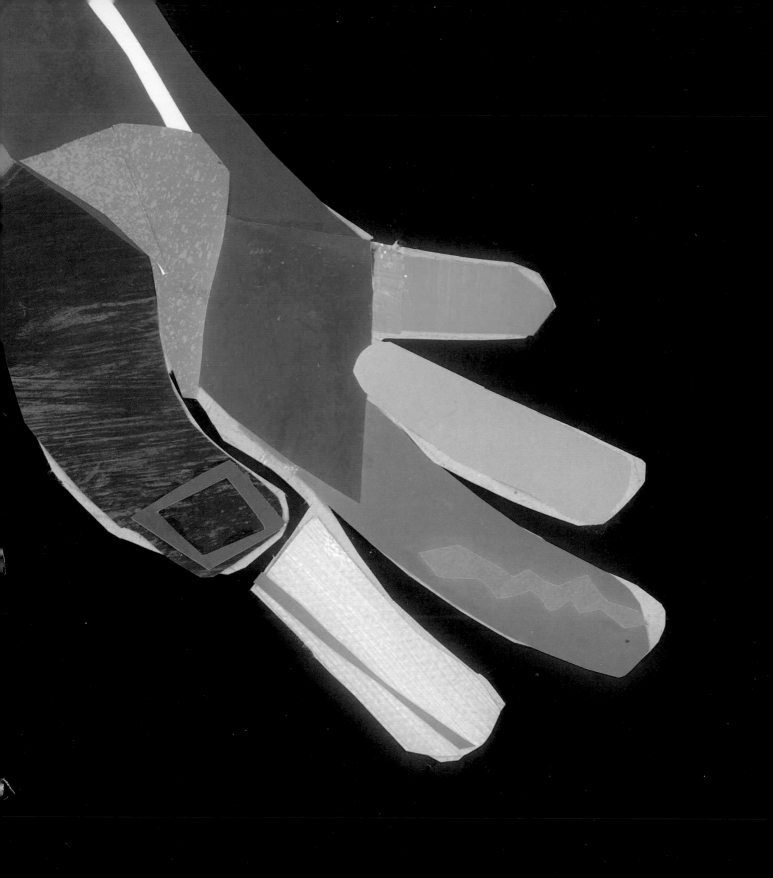

Trópico, para qué me diste
las manos llenas de color.

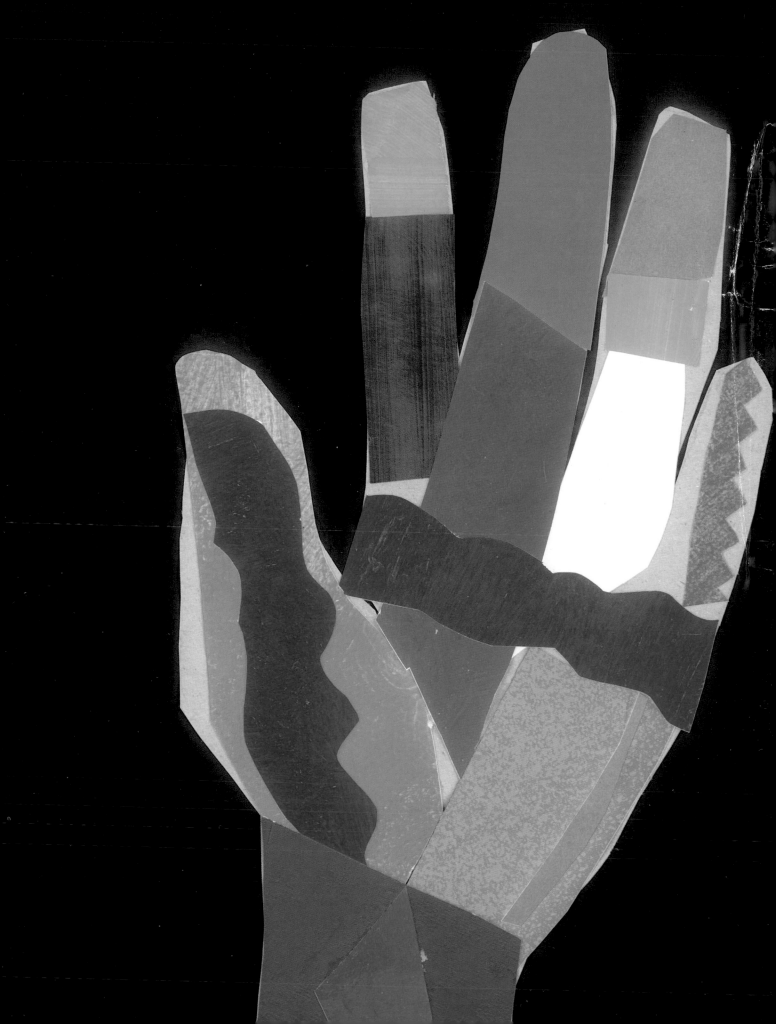

La casa que yo vivía
parecía al mediodía
que iba a ponerse a cantar.

María, eres enflorada fiesta
la más bella verdad está contigo.

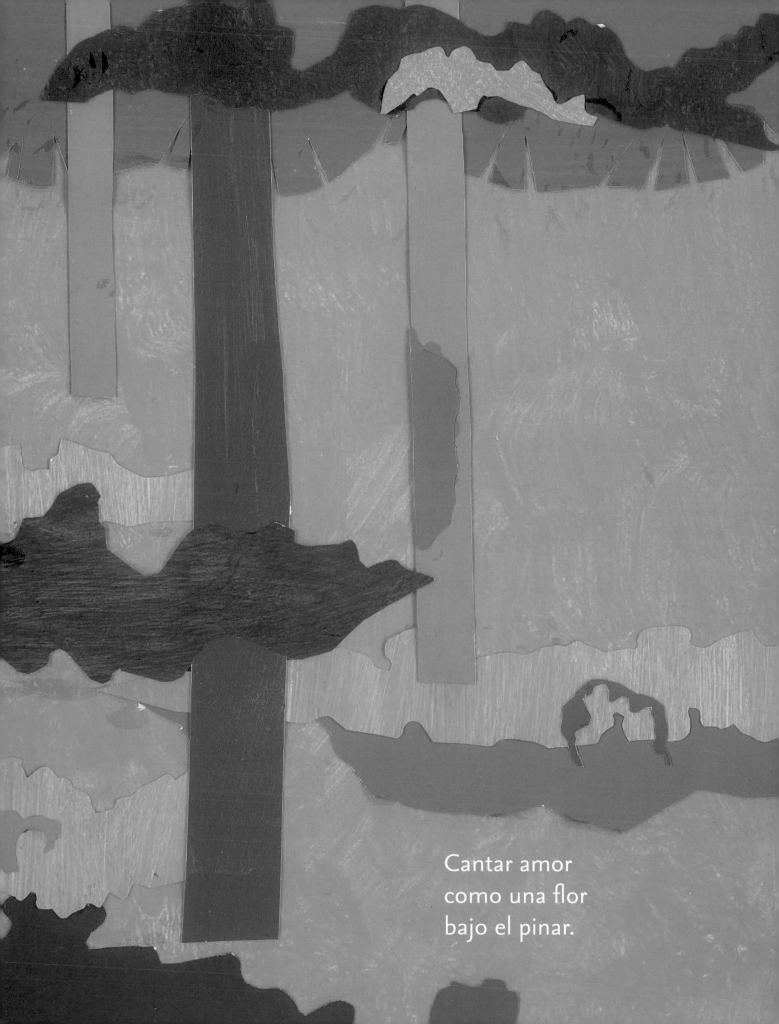

Cantar amor
como una flor
bajo el pinar.

Esta nube es mi camisa
que se llevó el viento.

Todos los versos provienen del libro
Poesía completa
Conaculta-UNAM-El Equilibrista
México, 1996

La primera línea identifica el verso ilustrado, le sigue
el título del poema y a continuación se anota el título
del libro del que formó parte en su primera edición.

ÍNDICE DE VERSOS

Colores con brisa
de Carlos Pellicer

SE TERMINÓ DE IMPRIMIR EN LOS TALLERES
DE IMPRESORA Y ENCUADERNADORA PROGRESO,
S.A. DE C.V. (IEPSA), CALZADA SAN LORENZO
NÚM. 244; 09830, MÉXICO, D.F.
DURANTE EL MES DE JULIO DE 2007.
SE TIRARON 2 000 EJEMPLARES.